MÉMOIRES

SUR DIFFÉRENS SUJETS

DE LITTÉRATURE.

MÉMOIRES

SUR DIFFÉRENS SUJETS

DE LITTÉRATURE,

Par M. A. MONGEZ, *Chanoine Régulier,
Garde des Antiques & du Cabinet d'Hiſtoire
Naturelle de Sainte Geneviève; de l'Académie
de Lyon.*

A PARIS,

Chez LOTTIN le jeune, Libraire, rue S. Jacques,
vis-à-vis celle de la Parcheminerie.

M. DCC. LXXX.

Avec Approbation & Privilège du Roi.

DISSERTATION

SUR L'ANTIQUITÉ

DES HÔPITAUX.

DISSERTATION

SUR L'ANTIQUITÉ

DES HÔPITAUX.

QUOIQUE l'opinion commune de ce
fiècle ne foit pas favorable aux Hôpitaux,
& qu'on les regarde comme une des caufes
les plus puiffantes de la mendicité; je vais
cependant m'occuper de ces louables établiffemens. L'humanité qui les a infpirés,
les fecours abondans que le pauvre & l'in-
firme y ont fi fouvent trouvés, les avan-
tages que la population en a retirés, tout
enfin parle en leur faveur. Ce n'eft point
ici le lieu de pefer leur utilité, & de combattre les objections & les fophifmes des

Ectivains qui femblent avoir projetté leur
ruine; mais j'en veux feulement tracer l'hiftoire, & montrer que leur origine eft liée
à celle du Chriftianifme. Heureux de trouver un nouveau motif d'attachement pour
la Religion que les Français profeffent depuis feize fiècles !

Les Grecs ignorèrent jufqu'au nom des
Hôpitaux. *Nofocomium* fut formé par les
Latins de Νοσοκομειον, mot fi nouveau qu'on
ne le trouve chez aucun ancien Auteur
Grec, & que faint Jérôme & faint Ifidore
font les premiers qui l'aient employé. On
avoit, il eft vrai, établi à Athènes dans le
Prytanée une nourriture affurée à ceux
qui avoient fouffert pour la Patrie, à leurs
femmes & à leurs enfans; mais nous ne
voyons point qu'ils y trouvaffent un afyle
dans les maladies. Combien étoient-ils donc
éloignés d'en offrir aux citoyens pauvres
& à la claffe des mercenaires ! En parcourant les établiffemens de Lycurgue, &
voyant la nourriture commune aux premiers & aux derniers de la République;

on croiroit que ce fage Légiflateur fe feroit occupé du fort des malades & des infirmes. Cependant nous ne trouvons aucun veftige d'un établiffement femblable à Lacédémone, & les Ilotes y étoient abandonnés dans leurs maux. Un pareil fort attendoit les Ephores mêmes, qu'une fortune bornée n'avoit pas mis à l'abri des rigueurs de la pauvreté. Les autres villes de la Grèce imitèrent cet oubli des Légiflations Attique & Lacédémonienne.

N'oublions cependant pas que dans un ferment folemnel qui nous eft parvenu tout entier, le Père de la Médecine, Hippocrate jure entr'autres articles de vifiter toute fa vie les pauvres gratuitement. Dans l'enfance de la Médecine, fes fuppôts étoient Médecins, Chirurgiens & Apothicaires; il eft probable que par une conféquence naturelle de ce principe d'humanité, Hippocrate leur fourniffoit également des remèdes fans efpérer aucune rétribution: exemple que nous nous applaudiffons d'offrir encore dans nos Cités.

A 3

L'ancienne Rome, je veux dire celle dont les annales précèdent la venue du Meſſie, ne fut pas plus occupée que la Grèce, à ſoulager les maux de l'humanité. Le ſage Numa oublia dans ſes inſtitutions religieuſes celle qui eſt ſans contredit la plus agréable à l'Être ſuprême, le ſoin des malades & des infirmes. Servius employa ſa politique uniquement à les claſſer, & non à les ſoulager. Les tems de la République paroiſſoient leur devoir être plus favorables : les fréquentes diſtributions de terres, les répartitions abondantes des dé-pouilles enlevées aux ennemis, redon-nèrent une nouvelle exiſtence à cette partie de la Nation qu'on appelloit *Capite cenſi*, parce qu'ils n'offroient au ſervice de la Patrie que leurs bras & leurs vies. Mais ce fut toujours ſur les Citoyens dans l'état de ſanté qu'on répandit les largeſſes & les gra-tifications.

Les Empereurs ne furent pas plus hu-mains ; nous n'apprenons pas même de Galien qu'il ait imité le déſintéreſſement d'Hippocrate, quoiqu'il se fît gloire d'ailleurs de le reconnoître pour son maître & son modèle. Peut-être s'est-il acquitté de ce devoir ; mais il ne nous en reste aucun témoignage.

Certains bains ou *thermes* furent consacrés aux pauvres par les Empereurs, ainsi que des distributions de vivres & d'argent. Les riches, à leur exemple, affectoient de donner tous les jours à leurs cliens pauvres ou crus tels, ce qu'on appelloit la *sportula*, dont Juvenal nous entretient si souvent, & qui étoit à peu près de même nature que les distributions dont je viens de parler. Les deux vers suivans de sa première Satyre ;

> . . . . *sequiturque maritum*
> *Languida vel prægnans uxor.* . . . .

nous apprennent d'abord que ces cliens pauvres & malades n'avoient d'autres ressources que cette modique *sportula*, puisque les maladies les plus aiguës ne pouvoient les empêcher d'accourir à sa distribution.

Nous y voyons encore qu'aucun afyle public ne leur étoit ouvert, & qu'ils étoient réduits, quoiqu'aux portes de la mort, à leur malheureufe habitation placée immédiatement fous les tuiles;

> . . . . *quem tegula fola tuetur*
> *A pluviâ*. . . . .

féjour mortel pendant les chaleurs redoutables qu'éprouve Rome fous le figne du Lion, ou la conftellation de *Procion.*

Il eft donc conftant que les Grecs & les Romains, ces peuples les mieux policés de toute l'antiquité, n'ont point élevé de retraite aux malheureux. Ne nous hâtons cependant pas de les accufer d'inhumanité, ou de barbarie: les reproches doivent porter fur la nature de leur conftitution. Divifés conftamment en libres & en efclaves, ces deux peuples ne paroiffoient occupés que de la première claffe, & négligeoient abfolument la feconde, regardée comme la lie de l'efpèce humaine. Un efclave dangereufement malade étoit abandonné aux soins de ses compagnons de servitude : son cadavre ne recevoit pas même la sépulture dans certaines occasions, & on se contentoit de le jetter dans un puits, où il devenoit la proie des vautours. C'étoit ainsi que l'on en usoit à Rome ; & la colline des *Esquilies*, blanchie, selon Horace, par le grand nombre d'ossemens qu'y amassoient ces oiseaux carnaciers, est encore un témoignage du peu de soin que prenoit cette Capitale du Monde de la sépulture des pauvres.

Le Paganisme n'inspiroit aucun établissement charitable : des Divinités qui se livroient des combats, se blessoient cruellement & s'abandonnoient dans cet état de foiblesse ; une Religion qui n'enseignoit point l'égalité entre ses prosélites, qui ne blâmoit pas l'inhumanité des maîtres envers leurs esclaves, qui enfin ne mettoit aucune borne au despotisme, ne pouvoit inspirer la pitié pour les esclaves malades. Les Citoyens malheureux (car il en exista dans les plus beaux jours de

Rome & d'Athènes) n'avoient d'autres ressources dans leurs maux que la force du tempérament, ou les crises de la nature.

La Religion des Peuples anciens n'éloignoit pas feule des malheureux, leur Philosophie contribuoit aussi à cette barbarie. Le Stoïcisme, cette secte qui se donnoit pour la réformatrice du Paganisme, & l'école des Héros, étoit bien éloignée de rendre ses sectateurs favorables aux pauvres. La douleur n'étant point un mal, selon elle, l'ame s'endurcissoit à sa vue, & tout chemin étoit fermé à la pitié. Occupés à s'étourdir eux-mêmes sur leurs maux, les disciples de Zénon devenoient également insensibles à ceux de leurs concitoyens. D'un autre côté l'Epicurien plongé dans la mollesse, & travaillant sans cesse à repousser les impressions fâcheuses que les malheurs & la tristesse pouvoient communiquer à son ame, n'avoit garde de penser à soulager les malades : telles étoient cependant, à quelques légères différences près , les deux sectes qui partageoient les Philosophes Grecs & Romains.

Le despotisme d'ailleurs anéantit toutes les facultés de l'ame, & ne laisse recevoir à son esclave d'autre impression que celle des maux, dont la volonté bisarre du tyran peut l'accabler. Ce malheureux réserve toute sa pitié pour lui seul, & n'envisage ses concitoyens qu'avec l'indifférence cruelle qu'on éprouve pour des compagnons d'esclavage. Aussi les vastes Etats du Mogol, les riches contrées de l'Inde, la Chine si policée & en apparence si heureuse, ignorent l'usage des Hôpitaux. Il est vrai que les peuples qui croient à la métempsicose en ont élevés pour les animaux, les chiens & les puces : l'homme seul a été oublié dans leurs établissemens. Par-tout où le pouvoir arbitraire a étendu ses branches, il a étouffé la pitié & la générosité.

Il étoit réservé à cette Religion sublime, qui regarde tous les hommes comme les membres d'une même famille, & qui tient compte du plus léger secours donné aux

malheureux, d'apprendre aux Légiſlateurs
ce qu'on doit à l'humanité ſouffrante. A
peine ſon flambeau a-t-il diſſipé les ténè-
bres du Paganiſme, que ſes diſciples éta-
bliſſent des ſoulagemens réglés pour leurs
frères infirmes & malades. La rigueur des
perſécutions ne peut être un obſtacle à leur
zèle; & en 258 nous voyons à Rome le
chef des diacres, Laurent, aſſembler une
grande quantité de malades & de pauvres
que l'Egliſe de cette ville faiſoit ſubſiſter
par ſes aumônes. Ce n'étoit cependant pas
encore un Hôpital, ſelon l'idée que nous
attachons à ce nom : car S. Prudence, qui
nous a laiſſé un Poëme très-étendu ſur la
vie du S. Diacre, ſon compatriote & preſque ſon contemporain, ne fait aucune
mention de retraite commune pour les
malades. Il dit au contraire poſitivement
qu'il les raſſembla des différens quartiers
de Rome.

L'année 380 ou 381 au plus tard, vit en
Occident le premier Hôpital proprement
dit ; & Saint Jérôme nous apprend que

Fabiola, dame Romaine, illustre par sa piété, construisit pour la premiere fois, *primò omnium*, un Hôpital, νοσοκομειον (a); c'est-à-dire, comme il l'explique lui-même, « une maison de campagne destinée à raf- » sembler les malades & les infirmes, qui » étoient auparavant étendus sur les pla- » ces publiques, & à leur fournir tous les » secours & les alimens nécessaires ». Ob- servons, avec ce Père, que cette illustre Pénitente commença l'emploi de ses grands biens par le service des pauvres, avant la construction des monastères. Nous pou- vous remarquer encore que ce fut hors de la ville, & dans un air pur, qu'elle plaça cet établissement, *villam languentium*.

En 330 l'Empereur Constantin choisit pour Capitale de l'Empire Romain la ville de Bysance, & l'embellit d'édifices publics. Le Prêtre Zotique, qui l'avoit suivi, éta- blit sous sa protection un Hospice pour les étrangers & les pélerins, qui commen-

(a) *Hieron. ad Oceanum de Fabiolâ.*

çoient dès-lors leurs pieux voyages. Cet
édifice fut conftruit fur le modèle de l'Hofpice qu'Hircan avoit érigé le premier à
Jérufalem, 150 ans avant J.-C. Ce Prince
chercha, par cet établiffement, à fe laver
aux yeux des Juifs du crime dont il s'étoit
fouillé, en ouvrant & expoliant le tombeau de David. Pour fanctifier les richeffes
qu'il en tira, il voulut les faire partager
aux étrangers, que le zèle ou la curiofité
amenoient en foule dans la Capitale de la
Judée. Peut-être n'étoit-il ouvert qu'au
tems de Pâque, fête que les Juifs ne devoient célébrer qu'à Jérufalem. C'eft delà,
dit Saint Ifidore dans fes Etymologies,
que fut formé le nom de cet établiffement,
ξενοδοχειον, hofpice pour les étrangers.

L'Empereur Juftinien conftruifit à Jérufalem en 350, le fameux Hôpital de Saint
Jean, qui a fervi de berceau à l'Ordre Mi-
litaire des Chevaliers de Malthe. Cet exemple fut fuivi par fes fucceffeurs avec tant
d'émulation, qu'on voyoit à Conftantino-
ple, felon M. Ducange, dans fon Com-

mentaire fur l'Hiftoire Byzantine, jufqu'à trente-cinq établiffemens de charité. Aucune efpèce d'Hofpice ou d'Hôpital n'avoit été oubliée (a) : les malades, les pauvres, les vieillards fains ou infirmes, les enfans pauvres, les orphelins, les étrangers, tout âge en un mot, tout fexe y trouvoient des foulagemens & des remèdes.

(a) J'ai raffemblé ici fous leurs acceptions communes, les différens noms donnés aux Hôpitaux dans l'Hiftoire Byzantine & les anciennes Chartes.

Nofocomium. Receptaculum Ægrotorum.

Xenodochium, Xenon, Lobotrophium. Peregrinorum & Exterorum receptaculum.

Ptochium, Ptochodochium, Ptochotrophium. Pauperum & Mendicantium Hofpitium.

Brephotrophium. Locus infantium pauperum educationi dicatus.

Orphanotrophium. Locus Orphanis facer.

Cerocomium, Gerontocomium. Locus in quo fenes tùm valetudine, tùm fenio confedi aluntur.

Pandochæum. Diverforium gratuitum, nunc *Caravanferais.*

Morotrophium. Amentium & Nepotum receptaculum.

Des Hôtelleries gratuites y offroient une retraite sûre & commode aux voyageurs, & préparoient ces magnifiques Caravanserais, qui font l'objet de l'admiration des Européens, accoutumés à des Hôtelleries mefquines & très-difpendieufes.

Ces établiffemens admirables qui tenoient à l'effence de la Religion Chrétienne, étendirent fon empire avec la plus grande rapidité. Ils firent déferter les Temples des Idoles pour courir aux Eglifes, dont la principale étoit accompagnée dans chaque ville d'Hofpices ou d'Hôpitaux. Une Lettre de l'Empereur Julien confirme ce que j'avance. On l'y voit occupé à rétablir le Paganifme, & à prendre pour cet effet les moyens qu'il croyoit avoir été employés par les premiers Chrétiens. «Nous » ne faifons pas (écrit-il à Arface, fouve-» rain Pontife de Galatie) affez d'attention » aux moyens qui ont contribué le plus à » étendre le Chriftianifme ; je veux dire » l'humanité, les fecours envers les étran-» gers, & les foins empreffés pour la fépul-
» ture

» ture des morts . . . . Etabliſſez donc
» dans les villes grand nombre d'Hoſpices,
» pour y recevoir les étrangers; non-ſeule-
» ment ceux de notre Religion, mais tous
» indiſtinctement : & s'ils ont beſoin d'ar-
» gent; que nos bienfaits leur en fourniſ-
» ſent abondamment ». Nous apprenons
la même vérité de Saint Auguſtin, qui dit
que les Hoſpices ont reçu des noms nou-
veaux . . . . mais qu'ils ont pour baſe la
vérité même de la Religion.

Les premiers rayons du Chriſtianiſme
éclairerènt à Rome & dans l'Orient la fondation des premiers Hôpitaux : ce fut auſſi
par ces religieux établiſſemens que la piété
des Rois Français commença à ſe ſignaler.
L'antiquité de l'Egliſe de Lyon fut-elle la
cauſe de la préférence en ce genre que lui
donna le Roi Childebert ſur Paris même,
devenu par ſon ſéjour ordinaire la Capitale
du Royaume ? Le cinquième Concile d'Or-
léans, tenu vers le milieu du ſixième ſiècle,
parle fort au long de cet Hôpital, qui ſur-
paſſe tous les autres par la ſalubrité & l'é-

B

tendue de ses bâtimens ; j'avance même qu'il les a tous précédé.

Les villes, il est vrai, de Reims & d'Autun semblent revendiquer le même honneur. Mais la première ne fonde ses prétentions que sur des présomptions frivoles ; & la seconde sur des titres supposés. L'Historien de l'Eglise de Reims, qui écrivoit en 1666, s'étayoit du testament de l'Evêque Bennadius, mort en 449, pour prouver que Reims avoit un Hôpital du vivant même de ce Pontife. Le flambeau de la critique fait évanouir ces prétentions. Les Ecrivains d'Histoires particulières, telles que celles des Villes, des Provinces ou des Maisons illustres, ont un défaut qui leur est commun à tous. Ils voient toujours dans les titres ou preuves qu'ils allèguent, ce qu'ils ont envie d'y voir. Celui de Reims est principalement dans ce cas. Voici les paroles de Bennadius : il assigne entr'autres legs, *tres solidos sanctimonialibus & viduis in matriculâ positis*. Donc il y avoit alors un Hôpital ? Conclusion vraie, si le mot *matricula* ne s'employoit que pour les Maisons de charité. Mais le même Historien rapporte ailleurs un Acte, dans lequel les Chapelains de la Métropole sont appellés *Matricularii.* J'inférai de là que ces veuves étoient de pieuses Femmes qui se vouoient au service des Eglises, ou même, des Diaconisses ; lorsqu'ayant consulté le Glossaire latin de M. Ducange, j'y trouvai, entr'autres acceptions du mot *matricula*, celle que j'ai donnée ci-dessus, & de plus cette acception appliquée au passage même du Testament de Bennadius.

Quant à ce qui regarde l'Hôpital d'Autun, son antiquité & le privilège qui lui fut accordé par Grégoire le Grand, la discussion est plus délicate : avant de l'entreprendre, je dois avertir que le savant André Duchesne dit dans son Histoire des Papes, édition de 1653 : « Que ce privi-» lège regardoit un Hôpital bâti dans la » ville d'*Agaunum*, aujourd'hui S. Maurice » en Chablais ». Je n'ose voir dans ce passage une méprise de la part d'un homme

auſſi inſtruit & auſſi éclairé ; il eſt cependant le ſeul qui l'ait attribué à l'Hôpital d'*Agaunum*. D'ailleurs la Martiniere,
qui s'étend aſſez au long ſur une ville ſi peu
conſidérable, ne dit pas un mot d'un Hôpital, que cette antiquité & la ſingularité
de ce privilège rendroient auſſi recommandable.

Celui d'Autun fondé, à ce qu'on pré-
tend, par la Reine Brunehaut & l'Evêque
Siagrius, ſur la fin du ſixième ſiècle, reçut
du Pape Grégoire I, un privilège de con-
firmation très-ample & très-étendu. On y
remarque entr'autres choſes extraordinaires, la clauſe inſérée contre les Rois,
Princes, ou Pontifes qui troubleroient cet
Hôpital dans la poſſeſſion de ſes biens. La
peine de dépoſition eſt encourue par eux *ipſo
faƈto*. De plus, l'Abbé de cette maiſon ne
pourra être jugé, en cas de délit, que par
ſix Evêques, non-compris celui d'Autun,
ſon Ordinaire.

Les Savans ont été fort partagés ſur
l'authenticité de cette Charte, qui conſ-

tate feule l'antiquité de l'Hôpital d'Autun.
Les uns l'ont admife comme un Acte très-
légitime; les autres n'ont pas héfité à la
rejetter comme fauffe & fabriquée deux
ou trois fiècles plus tard. Un troifième parti
a voulu s'ériger en conciliateur; il s'eft con-
tenté de reconnoître l'interpolation, & d'a-
vouer l'infertion poftérieure des deux claufes
révoltantes que je viens d'énoncer. M. de
Gouffainville, qui a donné la première édition des Œuvres de Grégoire le Grand avec
de favantes notes, rejette abfolument ce
privilège, & combat victorieufement les
raifons qui peuvent infirmer fon fentiment.
Le Pere Mabillon, au contraire, s'eft effor-
cé d'en affurer la validité; & les Bénédic-
tins qui ont donné, en 1705, la grande
édition de Grégoire I, ont renchéri fur
leur docte confrère. Ils s'étaient principalement de l'autorité des Manufcrits de faint
Grégoire, confervés au Vatican, & de celui
qui étoit à faint Remi de Reims, avant l'in-
cendie qui a ravagé cette précieufe collection. Ils appuient enfuite fur la nécef-

fité où fe trouvoit Grégoire d'employer des menaces nouvelles & une formule inufitée, pour complaire à la Reine Brunehaut, à laquelle il témoigne dans toutes fes lettres un grand attachement & une eftime fincère. Mais l'Abbé de Launoy, Maimbourg & M. de Gouffainville, prouvent la fuppofition par l'éloignement que faint Grégoire a toujours marqué pour les formules extraordinaires, ou contraires aux Canons que cet Acte viole en plufieurs endroits; par le filence du Diacre Jean, Hiftorien exact qui n'omet aucun des plus légers faits de la vie de ce Pape, & enfin par l'impoffibilité où l'on a toujours été de montrer une feule copie de ce Bref munie de fceau ou de fignature. Après toutes ces confidérations je n'héfiterai pas à rejetter le privilège, & à nier conféquemment l'antiquité prétendue de l'Hôpital d'Autun; en forte que celui de Lyon fera toujours reconnu pour le plus ancien, & fa fondation précédera au moins d'un fiècle celle des Hôpitaux de Reims & d'Autun.

La fuppofition de cet Acte & l'abus qu'on en a fait dans les fiècles fuivans, doivent nous faire fentir tout le prix de la critique. Lorfqu'en effet après quatre cents ans, Hildebrand excommunia, dépofa de la fouveraineté Henri IV, Empereur d'Allemagne, qu'il difpenfa fes fujets du ferment de fidélité & interdit la victoire à fes armes ; entr'autres raifonnemens abfurdes, il allégua pour fa juftification la claufe du privilège d'Autun ; ignorant que cet Acte étoit fuppofé, & que dans le cas même où il eût été vrai, un abus n'en peut légitimer un autre.

Peu de tems après ces trois établiffemens, Paris jouit du même avantage : car le Père Dubreuil, & les autres Hiftoriens de la Capitale s'accordent à rapporter la fondation de fon grand Hôpital à l'an 638, ou peu après. On y conferve encore les ftatuts compofés en 1220. Ils ne contiennent de remarquable, que la défenfe expreffe faite aux Sœurs & aux Frères qui le def* fervoient, de coucher fans vêtemens, leur

enjoignant de coucher revêtus de *chemifes*.
Etoit-ce donc l'ufage des Français du
XIIIe fiècle de paffer ainfi les nuits? Voici
ce qui peut réfoudre cette queftion pour
l'affirmative. Le Dominiquain *Jean de
Fano*, qui vivoit dans le même tems, c'eft-
à-dire en 1279, dit dans fa Glofe fur le
chapitre *Manifeftum eft ita*, du Décret,
qu'une femme ne peut accomplir que du
confentement de fon mari les vœux qui
peuvent lui déplaire; tels font ceux, dit-il,
de garder la continence, de jeûner hors
les tems prefcrits, & *in camifiâ jacere*.

Les Hôpitaux fe multiplièrent depuis en
France, & la protection fpéciale de nos
Rois y contribua autant que leurs libéra-
lités. Le recueil de leurs Capitulaires en
contient un grand nombre qui les affujet-
tiffent à une adminiftration uniforme. Dès
le règne de Charle-le-Chauve, on voit
fréquemment la diftinction des Hôpitaux
Royaux & non Royaux : ce qui annonce
leur grand nombre. Les fiècles fuivans ne
rallentirent point la piété de nos Rois, &

la *grande Conférence fur les Ordonnances* en rapporte une de 1274, qui affure aux Religieux Grammontains de l'Hôpital de Saint-Maixent en Poitou, l'aumône ordinaire de nos Princes. Elle confiftoit à faire réferver tous les jours dans leurs voyages la dixième partie du pain fervi dans toute leur Cour, & à l'attribuer à l'Hôpital le plus prochain. Saint Louis ne fit, par cette Ordonnance, que confirmer l'ufage immémorial de fes Prédéceffeurs.

Tel fut l'établiffement des principaux Hôpitaux : on ne trouve rien enfuite jufqu'à nos jours qui puiffe fatisfaire notre curiofité en ce genre. J'ajouterai cependant encore une réflexion avant de finir. J'ai dit que le Defpotifme étoit un obftacle à l'établiffement des Hôpitaux; & cependant, au rapport de M. d'Herbelot, dans fa *Bibliothèque Orientale*, les Mufulmans ne bâtiffent aucune Mofquée, fans y joindre un *Medreffech* ou Collége, & un *Timarkhaneh* ou Hôpital. Seuls entre tous les Peuples de l'Orient, pliés fous le joug du

Defpotifme , ils ont admis ces charitables inftitutions. Mais on voit affez qu'ils doivent cet ufage à la conformité des préceptes de l'Alcoran fur la charité & l'aumône , avec ceux de la Religion divine que nous profeffons. Les autres Nations de cette vafte partie du monde n'offrent, comme je l'ai dit, que des *Caravanferais*, dans lefquels on trouve un gîte gratuit, mais aucune retraite pour les malades; je n'en excepte pas les Chinois, cette Nation dont on ne ceffe d'exalter la fage politique réelle ou prétendue.

DISSERTATION

SUR L'USAGE DES VASES

APPELLÉS LACRYMATOIRES,

Lue à l'Académie des Inscriptions,
le 31 Juillet 1778.

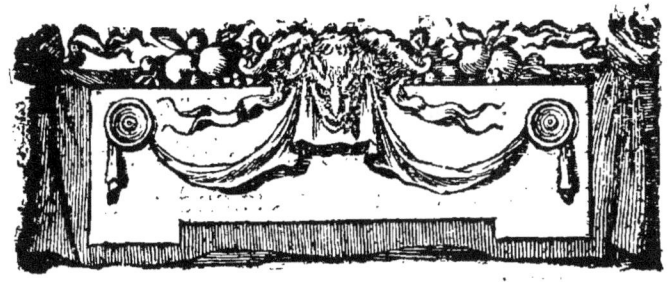

DISSERTATION

SUR L'USAGE DES VASES

APPELLÉS LACRYMATOIRES.

Nous devons à deux des plus illuftres Membres de l'Académie des Belles-Lettres de Paris, la connoiffance du véritable ufage de ces Vafes [M.M. Schoefflin & Paciaudi (*a*)]; & c'eft en conféquence à cette favante Compagnie que je dois offrir les preuves qui fortifient leur opinion. Ces deux Académiciens n'ont fait qu'indiquer cet ufage, fans donner aucun détail : le fecond, fur-tout,

---

(*a*) Schoefflin , *Mémoire fur la huitième Légion;* Académie des Infcriptions, Tome X, p. 162. Paciaudi *Monumenta Peloponefia*, troifième partie, p. 180.

n'a employé que le ridicule pour combattre l'opinion des Chifflet, des Kirchman, des Smethius, &c. On doit cependant à la célébrité des ces Erudits un corps de preuves qui puisse balancer leur autorité.

Les Savans qui pensoient que ces Vases avoient servi à recueillir les larmes des parens ou des pleureuses gagées, s'appuyoient en général sur la forme ronde & évasée des goulots, commode pour embrasser le globe de l'œil ; sur la petitesse des Vases proportionnée à la rareté des larmes ; sur les expressions *lacrymas posuit & cum lacrymis ponere* ; enfin sur la transparence du verre favorable à la vanité des affligés & à leur douleur affectée. Cette dernière preuve sur-tout leur a paru si favorable, qu'ils l'ont tous étendue avec une complaisance incroyable. Le P. du Molinet, un de mes savans prédécesseurs, en ajoute une si extraordinaire qu'elle doit être rapportée dans ses propres termes, (le Cabinet de Sainte Géneviève, pag. 26). « Les larmes s'étant » condensées dans les phioles par succes-

» fion de tems , y ont fait un vernis de
» couleurs changeantes , qui eft le plus
» beau du monde .... & plus bas .....On
» trouve auffi fouvent dans les tombeaux
» des anciens, & même dans ces phioles
» dont je viens de parler, des cuilleres qui
» fervoient à recueillir les larmes qui dé-
» couloient des yeux de ces pleureufes, &
» à les mettre dans ces lacrymatoires ».

Il eft aifé de voir que ces *couleurs chan-*
geantes , ces iris des lacrymatoires , n'ont
pas une origine différente de celles qui
naiffent fur tous les verres placés dans des
endroits habités. On les apperçoit fur les
bouteilles qui ont féjourné long-tems dans
les caves, fur les vitres expofées aux vapeurs des matières animales, des latrines ;
par-tout , en un mot, où l'on peut foup-
çonner l'exiftence de vapeurs putrides &
la préfence de l'alkali volatil fourni fi abondamment par la décompofition des fub-
ftances animales. Le fentiment du P. du
Molinet n'empêche donc pas qu'on n'ad-
mette dans ces Vafes d'autre matière que

des baumes liquides propres à arrofer le bûcher, ou les cendres des morts.

Ce qui eft encore prouvé par les cuilleres de bronze trouvées dans les lacrymatoires, & par la petiteſſe des Vaſes. On ſait à quel prix ſe vendoient à Rome les parfums de l'Orient ; & Pline parle dans le Chap. I^r de ſon 13e Livre, d'une compoſition de parfum qui s'étoit vendue, ſelon l'évaluation du P. Hardouin, depuis dix juſqu'à cent vingt de nos livres. Telle étoit la véritable cauſe de la petiteſſe des lacrymatoires. La cherté extraordinaire des parfums & des baumes n'a pas empêché cependant le luxe d'étendre ſon pouvoir juſque ſur les triftes monumens qui les renfermoient ; car le Cabinet des Antiques de Sainte Généviève en poſsède pluſieurs de ſix & huit pouces de hauteur, & un, entr'autres, trouvé à Lyon, qui a plus de ſeize pouces de hauteur. Demandons aux Antiquaires qui, pour remplir ces Vaſes avec des larmes, ſe ſont beaucoup étendus ſur la facilité avec laquelle les femmes pleurent ordinairement, & ſur

un

un redoublement de larmes que les Pleureufes favoient fe procurer (*a*) en raifon de
leurs honoraires; quel convoi, difons plus,
quelle ville en pleurs aura pu fournir huit
pouces cubiques de larmes?

Ils ont d'ailleurs beaucoup infifté fur la
tranfparence du verre, qui donnoit occa-
fion aux héritiers de montrer par la hauteur du fluide contenu combien étoient
grandes leur douleur & leur affliction. Mais
il eft conftant qu'on a trouvé plufieurs Lacrymatoires de terre cuite, comme l'a af-
furé M. Leibnitz, dont le témoignage cependant a été rejetté par M. Baruffaldi,
dans fa Differtation *de Præficis*. Nous en
poffédons autant d'argile que de verre, &
l'on en admire un, entr'autres, d'albâtre
gypfeux, appellé *Alabaflrite* par les Anciens. La forme de fon goulot le rend encore plus recommandable que fa matière;

_____

(*a*) Quel dommage qu'ils aient ignoré le moyen
employé par les Chinois pour s'exciter à pleurer. Ils
paffent un fil par un point lacrymal dans leurs narines, &
le remuent en tout fens pour s'arracher des larmes. *Haller*,
Commentaire fur Boerhaave.

à peine a-t-il trois lignes d'ouverture. Eft-
ce là une forme commode pour recueillir
des larmes ? L'étonnement redouble à la
vue d'un Lacrymatoire de verre, dont la
bouche eft figurée comme un cœur : forme
confacrée à des vafes faits pour verfer des
liquides, & jamais à ceux qui devoient les
recevoir. Elle eft parfaitement femblable
à celle de plufieurs Vafes Etrufques & de
deux de nos *Præfericulum*. On peut le regarder lui feul comme une démonftration
complette. Quel nouveau degré de force ne
recevra-t-elle pas, fi l'on jette les yeux fur
un Lacrymatoire que poffédoit M. Picard,
& qui eft actuellement dans la Collection
précieufe de M. l'Abbé de Terfan ! Ce vafe
de verre eft à l'ordinaire furmonté d'un petit
goulot, & fon *ventre* eft percé d'un trou auquel répond un autre goulot long & coni-
que, femblable à celui des théières.

Plufieurs de nos Lacrymatoires de verre
ont fouffert un coup de feu affez fort pour
les avoir ramollis & aplatis. Prêtera-t-on
cette chaleur aux cendres renfermées dans
l'urne avec ces Vafes ? Mais on fait que les

Anciens arrofoient de vin, d'huile & de
lait les reftes du bûcher , avant que de les
placer dans l'Urne cinéraire. Cet ufage,
qui avoit été défendu comme une pro-
fufion par la loi des XII Tables, mais qui
n'en n'étoit pas moins adopté par toutes les
Nations foumifes aux Romains, eft configné
dans cette jolie Epitaphe que Gruter nous
a confervée. Un efclave l'avoit placée fur
le tombeau qu'il fit élever à fon jeune Maître, & elle eft terminée par ce vers : *Offi-*
bus infundam quæ numquam vina bibifti (a).
D'ailleurs l'*Offilegium* , c'eft-à-dire, la cé-
rémonie de recueillir les os à demi-confu-
més, leur donnoit le tems de fe refroidir.
Ces Lacrymatoires ont donc été jettés dans
le bûcher avec les baumes qu'ils conte-
noient, & c'eft le vrai fens du *lacrymis &*
oppobalfamo udum condidit. Cette expref-
fion nous fait de plus entrevoir l'ufage des
cuilleres de bronze , dont parle le P. du
Molinet. Elles fervoient fans doute à diftri-

_____

(*a*) On fait que les enfans des Romains ne buvoient
point de vin avant l'âge de la puberté.

buer dans plufieurs Lacrymatoires les baumes renfermés auparavant dans un plus
grand vafe, afin que plufieurs perfonnes
placées aux angles du bûcher puffent en
répandre par-tout en même tems. De même
que nous voyons Achille le pratiquer aux
funérailles de Patrocle, en invoquant l'A-
quilon & le Zéphir à augmenter par leur
fouffle la vivacité des flammes. L'huile
verfée fur le bois & le cadavre, rempliffoit
encore mieux cette indication ; & dès-lors
on en devoit faire des infufions fur tous les
côtés du bûcher.

Paffons à l'explication des mots *cum lacrymis ponere*, & *lacrymas pofuit*. Les derniers ne fe trouvent qu'une feule fois dans
les recueils immenfes de Gruter & de Muratori. D'où l'on peut conclure que *lacrymas* y eft mis pour *lacrymans*. Cette faute
d'orthographe feroit au plus la millième de
toutes celles qui fe trouvent fur les anciennes infcriptions. Quelque peu verfé qu'on
foit dans l'ancien ftyle lapidaire, on avouera
fans peine qu'il n'exifte prefque pas d'ancienne infcription exactement conforme à

l'ufage ordinaire ; foit que l'on doive en accufer l'ignorance , la négligence des ouvriers ; foit plutôt que ces prétendues fautes fuffent liées à des prononciations vicieufes, ou à des idiômes locaux. Si d'ailleurs ces mots *lacrymas pofuit* & *cum lacrymis pofuit* doivent être pris à la lettre ; comme on n'a généralement pas trouvé d'Urne fans lacrymatoire, on n'auroit pas dû également trouver d'Epitaphe fans ces mêmes expreffions. Tous les Antiquaires favent qu'elles ne fe trouvent cependant pas fur la centième partie des Epitaphes que nous ont confervées Gruter & Muratori.

En parcourant ces deux vaftes Collections, on obferve conftamment qu'aucune Infcription n'employoit ces diverfes expreffions *mœftiffimus* , ou *mœrore confeftus* , avec la formule *cum lacrymis*. Si cependant cette dernière devoit être entendue dans le fens matériel, elle cefferoit d'être fynonyme des premières: elles devroient dèslors fe trouver fouvent enfemble. La pratique conftante & univerfelle des Romains dépofe le contraire. On en doit donc con-

clure en toute rigueur , que les deux ex-
preſſions ſont purement identiques , &
s'excluent par conſéquent l'une & l'autre.

Les Interprètes qui entendoient les mots
lacrymis & oppobalſamo udum condidit de
certains baumes précieux mêlés avec les
larmes dans les Lacrymatoires, s'appuyoient
ſur l'exiſtence des baumes dont ces vaſes
ſont encore remplis en partie, & que leur
conſiſtence réſineuſe ou ſirupeuſe avoit
fait ſurvivre aux larmes, auſſi promptes à
s'évaporer que l'eau pure. Acceptons leur
témoignage, & ſervons-nous-en pour prouver notre aſſertion & montrer encore que
ces Vaſes n'ont jamais contenu que des
baumes deſtinés à arroſer le bûcher.

Si je n'avois pas entrepris de raſſembler
ſous un ſeul point de vue tout ce qui
peut avoir rapport à la queſtion que je
traite, je paſſerois ſous ſilence la ridicule
explication que Baruffaldi a donnée du
paſſage ſuivant de Pétrone. Il dit en par-
lant de la Matrone d'Ephèſe renfermée
avec une Eſclave dans le tombeau de ſon
époux: *Aſſidebat ægrè fideliſſima ancilla ,*

fimulque & lacrumas commodabat lugenti ,
& , quoties defecerat in monumento , lumen
renovabat. Plufieurs Editions portoient *la-*
crymas commendabat ; mais Rittershuys ,
dans fes notes fur Phèdre , avoit fagement
reftitué le *commodabat* ; & Kirchman avoit
entendu avec lui que cette jeune efclave ,
peu fufceptible de la douleur extraordinaire , & bien éloignée du projet funefte
de fa maîtreffe , s'affligeoit cependant &
pleuroit avec elle , pour diminuer fes cha-
grins en les partageant. Cette explication a
paru *trop ingénieufe & trop figurée* à M.
Baruffaldi , qui , d'ailleurs , vouloit parler
des Lacrymatoires. Il a expliqué ce paffage
par l'action mécanique de l'efclave , qui
auroit verfé les larmes de fon Lacrymatoire dans celui de fa maîtreffe , lorfque
l'évaporation diminuoit le fluide , qui devoit attefter la douleur de cette veuve. C'eft
ainfi qu'on eft tourmenté par l'efprit de
fyftême , & qu'on tourmente en conféquence les paffages les plus clairs , pour
leur faire fignifier ce qu'on défire.

Il eft donc certain que l'opinion des lar-

mes recueillies dans les Lacrymatoires ,
n'eft fondée fur aucun ufage ancien, & fur
aucun paffage bien entendu. Elle doit fon
origine au Médecin Chifflet , qui la répandit en Europe dans fa Differtation inti-
tulée: *Lacrymæ prifco ritu fufæ.* Sans doute
qu'il a configné dans cet écrit une erreur
enfantée par quelque *Ciceroné,* ou quelque
guide d'Italie. Malgré fa nouveauté & fon
invraifemblance , elle fut fucceffivement
adoptée par Gouthier , Kirchman , Kip-
ping , &c. Baruffaldi l'embellit par fa prétendue découverte des larmes tranfvafées
d'un Lacrymatoire dans un autre. Smethius
enfin , & le gros des Antiquaires la fuivit
fans examen jufqu'en 1729, que M. Schoefflin commença à la ridiculifer à la page 75,
de fon livret de *Impp. Roman. Apotheofi.*
Il en parla encore dans fa Differtation citée
plus haut , & le favant M. Paciaudi fuivit ce
critique éclairé. Sans doute qu'il ne reftera
plus d'incrédules fur cet objet, après les
preuves détaillées & victorieufes que vous
venez d'entendre.

DISSERTATION

S U R

LE COLOSSE DE RHODES.

DISSERTATION

SUR

LE COLOSSE DE RHODES.

Un fait s'éloigne-t-il de l'ordre commun?
Plus il exige de précision & de vérité lorfqu'on en tranfmet la mémoire aux fiècles
futurs ; plus auffi, difons-le à la honte de
l'humanité, nous nous plaifons à le défigurer
par des exagérations outrées, ou de froides
hyperboles. Tel a été en particulier le def-
tin du Coloffe de Rhodes. Après avoir fait
l'admiration des Grecs & des Romains,
l'étonnement des Sarrafins & des Barbares,
après avoir été chantée par les Poëtes & confacrée à l'immortalité par les Hiftoriens, cette
prodigieufe Statue a été rejettée au nombre

des fables & des chimères par M. Muratori (*a*). Il ne tient pas à cet illuſtre Italien,
que les peuples les plus célèbres de l'antiquité, n'aient pris un pigmée pour un géant.
J'avoue que les contradictions apparentes des
Hiſtoriens qui ont décrit le Coloſſe, la va-
riété des proportions qu'ils nous ont tranf-
mifes & de la durée qu'il lui ont aſſignée,
ont pu jetter quelques nuages fur la réalité
de fon exiſtence. Mais s'il eût comparé avec
foin les réfultats de ces proportions, évalué
& combiné les différentes mefures, pefé
le mérite & l'autorité des Ecrivains qui
nous en ont confervé le fouvenir, ce Savant auroit eu fans doute plus de circonf-
pection ; il auroit apperçu au travers de ces
brouillards une lumière fixe , qui fuivie
conſtamment, l'eût conduit à la vérité. Je
vais parcourir ce prétendu labyrinthe &
donner , fur l'hiſtoire & les dimenſions du
Coloſſe, des détails qui porteront fon exiſtence à l'évidence la plus frappante.

(*a*) Annal. Ital. Tom. **IV**, pag. 111.

Les Rhodiens profitant de l'heureuse si-
tuation de leur île, devinrent les maîtres
de la Méditerranée. Ils faisoient seuls le
commerce auquel nous donnons le nom
de *Cabotage.* Placés à une égale distance
de l'Archipel & de l'Italie, ces Insulaires
industrieux ne cherchèrent point leur grandeur dans la sagesse de leurs loix, ou la
fécondité de leurs campagnes, comme les
Crétois & les Cypriots leurs voisins (*a*). Ils
tournèrent toutes leurs vues du côté de
la marine, & devinrent les facteurs des
habitans de l'Etrurie, auxquels ils appor-
toient les bleds de l'Egypte, les pourpres de
Lacédémone & les chefs - d'œuvre des
Peintres & Sculpteurs Grecs. Les Successeurs d'Alexandre, qui fixèrent le siège de
leur Empire sur les bords de la Méditerranée, envièrent la prospérité des Rhodiens : ils auroient désiré faire passer sous
leur domination cette Nation riche &
puissante : mais un obstacle invincible fai-

(*a*) Diodore de Sicile, Plutarque, sur *Demetrius.*

foit échouer leurs projets. Commerçans,
& par conféquent intéreffés à la paix, les
Rhodiens avoient contracté des alliances
avec tous les Etats qui avoifinoient la Mer.
La neutralité la plus fidèle leur affuroit le
calme au milieu des fecouffes & des guerres.
Cependant Démétrius , fils d'Antigone,
vint affiéger la ville de Rhodes, à caufe du
refus qu'elle avoit fait de renoncer à l'al-
liance de Ptolomée. Une caufe fi hono-
rable mérita aux Rhodiens des fecours de
la part de tous leurs alliés & en particulier de Ptolomée, que leur reconnoiffance
a immortalifé fous le nom de *Sauveur* ou
Soter. L'affiégeant fut forcé de renoncer
à fon entreprife; & bien loin de confer-
ver fa haine pour ces généreux Infulaires,
il conçut pour eux la plus haute eftime:
il voulut à fon départ leur en laiffer un
témoignage authentique ; ce qu'il fit en
leur abandonnant fes machines de guerre,
vendues depuis trois cens talens. La reconnoiffance des Rhodiens éclata avec la plus
grande magnificence, à l'égard de Ptolo-

mée leur allié, & d'Apollon leur Dieu tutélaire. Ils réfolurent d'élever à l'honneur du Soleil un Coloffe d'une grandeur extraordinaire.

Charès de Lyndes fut confulté fur ce projet. Les Rhodiens lui demandèrent quelle fomme il exigeroit, pour faire une Statue de telle hauteur (*a*). Sur fa réponfe ils en voulurent une qui eût le double de grandeur. Cet Architecte n'exigea qu'une fomme deux fois plus confidérable. Mais à peine eût-il commencé fon travail, qu'il vit l'or des Rhodiens dépenfé en entier. Le chagrin & le défefpoir s'emparèrent de cet Artifte ; il fe pendit. Lachès fon compatriote, acheva dans l'efpace de trois Olympiades & plaça fur fa bafe le Coloffe fi vanté (*b*). Pline, dont les détails font d'ailleurs affez exacts, ne fait aucune mention de Lachès & donne toute la gloire au premier.

(*a*) Sextus Empiricus adverf. Mathematicos, lib. VII.
(*b*) Pline, lib. XXXIV, cap. 7.

A peine cinquante-ſix ans s'étoient écou-
lés depuis cette époque, que le Coloſſe fut
renverſé par un violent tremblement de
terre : il ſe briſa aux genoux , & demeura
étendu juſqu'à ce que les Sarraſins s'emparèrent de l'île de Rhodes. Ces barbares ,
que la hardieſſe du travail ne remplit pas
d'admiration , mais qui ne conſidérèrent
avec étonnement que ſa maſſe énorme, le
mirent en pièces : ils le vendirent à un mar-
chand Juif d'Emèſé. Que de morceaux
d'une antiquité reſpectable & d'un travail
merveilleux ont été fondus par cette Nation avide du gain le plus ſordide! Proſcrite
dans tous les climats, éloignée de tous les
arts honnêtes, elle étoit donc en poſſeſſion
dès le ſeptième ſiècle, d'un commerce qui
n'a d'objet que les effets dégradés ou hors
de mode , & de but que la deſtruction ou
l'aviliſſement !

Dix-huit Ecrivains Grecs ou Latins, qui
ont parlé du Coloſſe, & dont je rendrai
compte plus en détail, s'accordent en général ſur ces faits. Mais cette harmonie eſt

de

de peu de durée ; & le chaos femble prendre fa place, lorfqu'on cherche par leurs
témoignages à fixer les époques & les dimenfions précifes de la ftatue. Trois des
premières vont nous arrêter : l'époque de
fon érection, celle de fa chûte, & enfin
celle de fon anéantiffement. La feconde
fixera les deux autres. (*a*) Polybe, Orofe,
l'Abbé d'Ufperg, le Diacre Paul, Maria-
nus Scotus, & Godefroi de Viterbe, di-
fent unanimement que le Coloffe fut ren-
verfé dans le tremblement de terre qui
ébranla l'Archipel & une partie de l'Afie.
Eufebe le place à la première année de la
CXXXIX^e Olympiade, 224 ans avant J.-C.
felon l'Abbé Lenglet. (S. Jérôme, qui a co-
pié à la lettre ce texte d'Eufebe, l'a changé
pour l'époque, & affigne mal-à-propos la
CLXVIII^e Olympiade). Voilà une époque précife ; fi on en retranche cinquante-
fix ans, on trouvera avec Pline la première

(*a*) *Polyb.* lib. V. *Orof.* lib. IV, cap. 13. Paul Hift.
Mifcel. lib. III. *Mari.* lib. I.

D

année de la CXXV^e Olympiade, 280 ans avant J.-C. A ſuivre les viſions & les erreurs de Cédrenus, on placeroit l'année de ſa conſtruction dans la XVIIe Olympiade ; ce qui eſt hors de toute vraiſemblance. Celle de ſa deſtruction eſt certaine. Quoique tous les peuples de la Grèce & le Roi d'Egypte euſſent offert aux Rhodiens des ſecours conſidérables, pour réparer les dommages occaſionnés par le tremblement de terre, & ſur-tout pour relever le Coloſſe, ceux-ci les employèrent à d'autres uſages, & ſuppoſèrent un Oracle qui défendoit le rétabliſſement de la Statue du Soleil. C'eſt Strabon (*a*) qui nous apprend cette particularité.

Pline dit qu'elle étoit couchée par terre dans le tems qu'il écrivoit, & qu'on appercevoit dans les fractures de vaſtes cavités & de gros quartiers de pierre renfermés pour l'aſſurer ſur ſa baſe. Elle reſta dans cet état juſqu'à l'année 655 de J.-C.

(*a*) Strabon, lib. XIV.

tems auquel les Sarrasins la brisèrent. Nous fixons cet inftant à la douzième année du règne de Conftant II (*a*), après le Diacre Paul, Conftantin Porphyrogenete, la Chronique de Théophane & Zonare (*b*). Tous s'accordent parfaitement fur le tems de fa deftruction, ils ne varient que fur fa durée. On la trouve de 935 ans, en voyant la Statue fondue l'an 280 avant J.-C. & brifée l'an 655 du même. Paul & Conftantin lui donnent 1360 ans, & Cédrenus ajoute encore cinq ans à cette fable.

Les dimenfions de cette énorme Statue nous arrêterons moins de tems que fon hiftoire, quelque contradiction qu'on trouve dans les Hiftoriens à leur fujet. Strabon, Pline, Ifidore de Séville (*c*), qui florifsoient pendant que le Coloffe exiftoit encore, ont pu le voir ou apprendre de leurs contemporains les détails qu'il nous en ont tranfmis. Ils lui donnent foixante &

(*a*) Conftant, de Adminift. cap. 20.
(*b*) Zonare, Ann. lib. II.
(*c*) Ifid. Orig. lib. XIV, cap. 6.

dix coudées de hauteur : le premier rapporte même deux vers d'un Simonide, autre que le Chantre des Demi-Dieux Caſtor
& Pollux, gravés ſur la baſe du Coloſſe,
& portant expreſſément ſoixante & dix
coudées. Il eſt vrai que Conſtantin, Théophane, & Cédrenus, font mention de
quatre-vingt coudées. Mais on obſervera
qu'ils ſont bien poſtérieurs à la deſtruction
du Coloſſe ; que la différence entre οκ]άκις
& επ]άκις eſt aſſez petite pour pouvoir être
rejettée ſur une faute de copiſte répétée
par les deux autres Hiſtoriens calqués dans
cet endroit exactement ſur le premier ; &
que le dernier en particulier n'eſt célèbre
que par ſes erreurs de fait & de chronologie. Il s'eſt cependant rapproché par le
nombre de cent vingt-ſept pieds de la véritable hauteur, qu'il abandonne en lui
donnant quatre-vingt coudées. En effet,
ſoixante-dix coudées moyennes, chacune
d'un pied & dix pouces de roi, donnent
un peu plus de cent vingt-huit pieds, hauteur la plus vraiſemblable du Coloſſe.

Ne nous arrêtons cependant pas abfolument à cette première détermination , &
cherchons de nouvelles mefures dans le
paffage de Pline. Ce favant Naturalifte dit ,
1° que peu de perfonnes pouvoient em-
braffer fon pouce ; 2° que la longueur de
fes doigts furpaffoit la hauteur des ftatues
ordinaires : voilà deux proportions fixes &
précifes. Pour trouver la première, on ob-
fervera d'abord que M. le Comte de Buffon
place la grande taille au-deffus de cinq
pieds fix pouces , & que le *peu de perfon-*
nes doit s'entendre par conféquent d'hommes ayant une taille plus élevée : je me fuis
attaché à neuf pouces. Perfonne n'ignore
que la diftance d'une main à l'autre dans un
homme dont les bras font étendus , eft égale
à fa hauteur. Ainfi donnant au pouce du
Coloffe cinq pieds & neuf pouces de circonférence, on aura par les proportions connues
des Sculpteurs, (le pouce d'un homme de
cinq pieds neuf pouces de hauteur, a trois
pouces de circonférence) cent trente-un
pied de hauteur : écart très-peu fenfible.

La feconde dimenfion donnée par Pline, achève la conviction. L'index d'un homme de cinq pieds neuf pouces, a communément trois pouces de longueur : il eft donc la vingt-troifieme partie de fa hauteur. Donnons aux ftatues ordinaires la hauteur de l'homme qui nous fert de terme de comparaifon, & la proportion de l'index du Coloffe donnera cent trente - deux pieds. Nous avons donc obtenu quatre nombres par des voies différentes, 127, 128, 131 & 132, qui offrent pour réfultat moyen cent vingt-neuf pieds. Ainfi on peut hardiment fixer la hauteur approchée de cette prodigieufe Statue, à cent vingt-huit pieds. Il eft fâcheux pour M. Muratori qu'on rencontre une harmonie fi parfaite entre les Hiftoriens qui nous en ont tranfmis le fouvenir. Sans doute que dix-huit Ecrivains de différens pays n'ont pu avoir entr'eux de connivence réelle depuis le fiècle qui a précédé la naiffance du Sauveur, jufqu'au quinzième qui l'a fuivi. Auffi termineroisje ici cette Differtation, s'il ne reftoit encore quelques obscurités à dissiper , & quelques détails à conserver sur cette merveille.

Voilà le Colosse existant. Comment a-t-on pu remuer une masse aussi considérable ? Les vaisseaux passoient-ils entre ses jambes à pleines voiles? Combien de chameaux ont été employés à en transporter les débris ? Pour répondre à la première question , recourons encore aux proportions d'un homme de cinq pieds neuf pouces de hauteur ; nous trouverons qu'il contient à peu-près onze pieds cubes de matières. La solidité du Colosse est par conséquent de deux cent trente pieds cubes; lesquels supposés de cuivre ordinaire, pesant 648 livres le pied cube , forment un poids total de 148,900 livres, ou près de 1500 quintaux. Les Annales des Arts nous ont conservé le poids de masses plus considérables , qu'ils ont déplacé & élevé sur une base. L'obélisque de Saint-Jean de Latran à Rome porte 112 pieds de hauteur , sans la base sur laquelle il est dressé. Les deux côtés du quarré qu'il forme à ſa naiſſance ſont de huit & de neuf pieds & demi. Suppoſant cette maſſe d'un marbre ordinaire, du poids de 252 livres le pied cube, ſon poids total ſera de 715,008 livres. Où eſt l'impoſſibilité de dreſſer une ſtatue cinq fois moins lour-de ? Ils paroît d'ailleurs que les Rhodiens avoient un goût particulier pour les ſtatues coloſſales. On en comptoit dans leur île, ſelon Pline, plus de cent, dont une ſeule auroit fait l'ornement de toute autre ville. Le même auteur, le dirois-je ? parle d'un Coloſſe de quatre cent pieds, élevé de ſon tems à Clermont en Auvergne, par un certain Zénodore.

Il eſt probable que ces prodiges de l'art n'étoient pas fondus d'un ſeul jet : le long eſpace qu'auroit eu à parcourir le métal en fuſion lui auroit donné le tems de ſe re-froidir & auroit fait manquer la fonte. Sans doute qu'ils ne l'auront été qu'en *tonnes*, c'eſt-à-dire, par parties. On peut conjec-turer encore avec plus de fondement, que le Coloſſe de Rhodes étoit un ouvrage de

platinerie ou de cuivre battu au marteau;
ce que Pline nous donne à entendre en
difant, qu'on appercevoit d'énormes cavités dans fes débris. La Statue du Conné-
table de Montmorency à Chantilli, la
Chaire de Saint Pierre à Rome, qui a quatre-vingt pieds de hauteur, & le Coloffe
d'Arona, dans l'état de Milan, repréfen-
tant Saint Charles Borromée, haut de cin-
quante à foixante pieds, felon M. Patte,
nous offrent des exemples de ce genre de
travail, & diminuent notre étonnement.
Si un Souverain peu riche, & une petite
ville ont pu approcher de fi près de la magnificence des Rhodiens; qui doutera que
ces derniers, aidés par les plus opulentes
cités de la Grèce, aient fabriqué ce célèbre
monument?

On peut regarder comme très-douteux
ce que nous trouvons dans du Choul, fur
les ornemens du Coloffe & fur fa pofi-
tion. Vigenère, Ecrivain du feizièrne fiècle,
paroît être le premier qui l'ait placé à l'entrée du port, & les jambes écartées. Ce-

pendant on défend son opinion, & nous en donnons ici la preuve.

Comment les vaisseaux passoient-ils entre les jambes du Colosse? Elles avoient à peu-près soixante pieds de longueur, en y joignant les cuisses, & étoient placées sur deux rochers qui, fermant l'entrée du port, ne laissoient de passage que pour une galère. Perdons de vue nos vaisseaux de ligne, qui portent jusqu'à cent quatre-vingt pieds de mâture. Représentons-nous ceux des Anciens, qui tous alloient à rames & ne portoient dès-lors que des voiles fort petites, côtoyant toujours le continent & tirant très-peu d'eau. Or quelque petite que soit la hauteur des rochers qui servoient de base au Colosse, nos galères passeront entre ses jambes avec toutes leurs flammes, banderolles & voiles déployées. Rien ne doit donc étonner dans cet ouvrage admirable, que la hardiesse du Sculpteur, & celle de l'Historien qui l'a révoqué en doute, contre le témoignage de toute l'antiquité.

Le nombre des chameaux qui transportèrent les débris de la Statue du Soleil , forme encore une difficulté qu'il faut applanir. Je ferai remarquer auparavant quelle route oblique ont pris Rollin & Joseph Scaliger , pour estimer son poids. Au lieu de le conclure de sa solidité par les calculs ordinaires , ils l'ont conclu du nombre & de la force des chameaux. Aussi leur erreur est si considérable , qu'à chercher la hauteur du Colosse par le poids qu'ils lui assignent, on la trouveroit de six cens pieds au moins ; calcul extravagant. Le Diacre Paul , Zonare & Cédrenus font mention de neuf cent chameaux. Le respect outré & l'admiration excessive pour l'antiquité , dont étoient pénétrés les deux Auteurs modernes que j'ai cités , leur a fait adopter aveuglément ce nombre exagéré. Constantin Porphyrogenete en compte trente mille , & Théophanes en ajoute encore quatre-vingt. C'est d'eux qu'il faut dire avec Juvénal : *Quicquid Græcia mendax audet in Historia.* Le Pere Riccioli, dans sa Chronologie réformée, a réduit ce nombre

à 318, ſentant le ridicule des neuf cent.
Pour moi je les réduits encore à cent ;
fondé ſur la vraiſemblance, ſur le témoignage de la Martinière, de l'Abbé de Vertot
& une tradition conſtante. Les grands chameaux, ſelon Chardin & M. le Comte
de Buffon, portent juſqu'à treize quintaux, qui, multipliés par cent, donnent
une charge de treize cens quintaux. Si
l'on conſidère que le pied Grec eſt de quelques lignes plus court que le nôtre ; que
j'ai ſuppoſé contre le témoignage de Pline
le Coloſſe maſſif ; que d'ailleurs il étoit
d'airain, mélange de cuivre & d'étain plus
léger d'un ſeptième que le premier ; &
qu'enfin le déchet & les vols avoient di-
minué ſa maſſe, on rapprochera aiſément
les quatorze cent quintaux trouvés par
mon calcul, des treize cent que nous four-
nit la charge de cent chameaux.

DISCOURS

QUI A CONCOURU

POUR LE PRIX PROPOSÉ

PAR LA SOCIÉTÉ D'ÉMULATION

DE LA VILLE DE LIÈGE,

EN 1780.

DISCOURS

QUI A CONCOURU

POUR LE PRIX PROPOSÉ

PAR LA SOCIÉTÉ D'ÉMULATION

DE LA VILLE DE LIÈGE,

SUR CE SUJET:

POURQUOI le Pays de Liège, qui a produit un si grand nombre de Savans & d'Artistes en tout genre, n'a-t-il vu naître que rarement dans son sein des Hommes également distingués dans la Littérature Française ; & quel seroit le moyen d'exciter & de perfectionner le goût dans une Langue qui doit être celle du Pays, & que toutes les Nations de l'Europe ont adoptée pour se communiquer leurs découvertes dans les

Arts & les Sciences, ainsi que leurs progrès dans la Morale & la Politique.

Adeò à teneris affuescere multum est !

LE Sage juge quelquefois des entreprises par leur commencement , & voit dans l'avenir la prudence les conduire à une heureuse fin. Les destinées de cette savante Société, que la ville de Liège vient de former , seront brillantes & glorieuses. On peut le prédire d'après le choix de la palme offerte aux Littérateurs qui combattront les premiers dans son arène. Il annonce la sagacité de ses vues, & la sagesse des moyens qu'elle emploiera pour remplir l'attente de ses concitoyens.

Jalouse d'augmenter le nombre des Savans que Liège produit, & de rendre leurs travaux utiles à l'Europe entière, elle a cherché à connoître les obstacles qui s'y étoient opposés jusqu'à son aurore ; & ses recherches ont été couronnées du succès. La Langue Française est adoptée par toutes les

Nations

Nations policées de l'Europe : fes Poëtes ornent la mémoire, & fes pièces de théâtre occupent agréablement le loifir de tous les étrangers : elle entre dans leur plan d'éducation ; & dans toutes les Cours elle femble avoir acquis le droit exclufif d'être la Langue des grands & des hommes polis. La Ruffie & la Porte lui ont rendu un hommage d'autant plus flatteur, qu'il étoit plus libre, en exprimant dans cet idiôme les conditions de leur dernier Traité de paix. L'Académie de Berlin a écrit jufqu'ici fes précieux Mémoires en Français ; & la ville de Bruxelles a fondé une Chaire Françaife dans l'Eglife Wallone. Notre langue eft donc devenue celle des Savans ; & c'eft en Français qu'ils doivent publier leurs découvertes, afin qu'elles puiffent être faifies par les hommes inftruits de toutes les Nations.

Par quelle fatalité une ville puiffante dont les citoyens ont depuis long-temps adopté la Langue Françaife pour leur langue nationale, & pour celle de leur légiflation, n'a-t-elle vu naître que rarement fur

E

les bords de la Meuse des hommes diftin-
gués dans la Littérature Françaife ; quoiqu'elle compte parmi fes habitans un grand
nombre de Savans & d'Artiftes célèbres ?
Nous ferons tous nos efforts pour réfoudre
cette queftion, en plaçant toujours le re-
méde auprès des maux. Puiffent-ils mériter
les fuffrages de l'illuftre Société, & con-
tribuer à perfectionner dans les Etats d'un
Prince ami des Français, le goût pour notre
Langue devenue immortelle par deux cens
ans de travaux & de gloire !

Les obftacles qui ont retardé jufqu'à ce
jour les progrès de la Langue Françaife dans
cette ville, naiffent des ufages & des mœurs
de fes habitans. Des Nourrices Allemandes,
Flamandes, ou Brabançonnes, allaitent
pour l'ordinaire leurs enfans ; &, leur ap-
prenant à développer l'organe de la parole,
elles leur enfeignent néceffairement la langue étrangère qu'elles ont habituellement
dans la bouche. Tranfportés dans les Colléges de Liége ou de Louvain, ces nour-

riffons, par un refte de l'ancienne barbarie, font forcés à ne parler d'autre langue que la Latine. On laffe leur courage & on épuife leurs forces à les faire compofer dans cette langue morte, fans chercher à épurer leur ftyle par de fréquentes traductions. Une Logique fcholaftique & vaine, une Phyfique Cartéfienne, des leçons de Géométrie linéaire, occupent leur adolefcence entière; &, comme les Mufes qui ont formé leur enfance, elles s'énoncent en latin. Hommes faits ils voient accorder toutes les diftinctions à une fcience que l'ufage général oblige d'enfeigner en latin, parce que cette langue a été celle des Pères & des Conciles qui en font les fondemens. Leurs monnoies, ces métaux devenus d'un ufage journalier, par la facilité avec laquelle ils repréfentent toutes les jouiffances, portent des infcriptions latines . . . . . C'eft ainfi que la plus grande partie de leur vie eft écoulée, avant que la Langue Françaife ait fixé leur attention. Cherchons à rompre les chaînes des préjugés & des habitudes. Travaillons à leur fubftituer des ufages plus analogues à ceux de l'Europe entière, & une éducation plus favorable à la culture de la Langue Françaife.

On doit avouer à la gloire des Liégeoifes, que de tout tems elles ont dédaigné pour la plupart de confier leurs enfans à des mercenaires; & que dociles à la voix de la nature, elles n'ont jamais négligé le plus facré des devoirs des mères. Ce n'eft point pour elles que l'immortel Rouffeau compofa fon *Emile*; ce n'eft point à Liége, mais à Paris qu'il produifit la plus heureufe des révolutions; & que rendant à l'enfance la liberté & la gaieté, il prépara à l'âge viril les grâces & la vigueur. Ce que j'ai à dire fur le choix des Nourrices, ne regarde qu'une très-petite portion du premier ordre des Citoyens; mais il eft de la plus grande importance pour le fecond ordre. Forcé par fes pénibles & nombreufes occupations à remettre dans des mains étrangères les fruits de l'hymenée & l'efpérance de la Nation, il les porte dans les campagnes voifines, & leur fait fucer le lait des villageoifes. Dans la plupart des bourgs ou hameaux des Etats de Liége on parle Allemand, & la Langue Françaife eft prefque ignorée. Les premiers fons qui frappent l'oreille des enfans & qui doivent exprimer leurs premières idées, font formés dans la langue des Germains modernes. A combien de Littérateurs cependant cet ordre n'a-t-il pas donné le jour ! Combien de Savans ont pris naiffance dans cette claffe fi méprifée par la ftupide opulence, & fi précieufe aux yeux du fage !

Jettons un coup d'œil rapide fur les Mufes, le Barreau & la Chaire Françaife ; puifque nous travaillons à étendre l'ufage de leur langue, leurs ornemens les plus brillans & les plus durables ont été formés dans la troifieme claffe des Citoyens. Molière, le père de notre Comédie, Dufrény qui l'a embellie, & la Chauffée qui, ne fongeant qu'à inftruire, l'a trop rembrunie ; la Fontaine à qui on doit tant de fables fimples & naïves ; la Mothe qui en compofa de trop fpirituelles; le Menuifier de Nevers, dont les poéfies plaifent encore ; l'*Improvifateur* Lainez, Jean de Meun, qui conduifit le célèbre roman de la Rofe à fa perfection, & Rouffeau, notre feul Poëte lyrique ; Mézerai, hiftorien fi fidèle ; Rollin, qui écrivit l'hiftoire pour les jeunes gens, & Amyot qui, dans fes traductions, donna un caractère à notre langue; Fléchier, par l'organe duquel les mânes des héros reçurent des louanges dignes de leurs triomphes, & Maffillon qui fut plaire dans cette chaire où Bourdaloue avoit tonné ; Patru qui purgea le Barreau des citations fuperflues & pédantefques ; Voiture qui amufe fes Lecteurs malgré l'abus étrange qu'il a fait de fon imagination & de fon efprit ; & du Marfais, le maître de nos orateurs: tous ces Auteurs célèbres naquirent dans la dernière claffe des Citoyens. Parlerai-je de Quinault, de Racine, de Regnier, & de tant d'autres qui ne comptoient pas des nobles parmi leurs aïeux, quoiqu'ils fuffent d'une naiffance moins obfcure que les premiers. La Langue Françaife feroit encore auffi barbare qu'elle l'étoit fous la plume de Rabelais & de Ronfard, fi les Ecrivains fameux, dont les portraits viennent de paffer fous vos yeux, avoient exprimé leurs premières idées dans un idiôme étranger. Avec quel foin doit-on donc veiller au choix des Nourrices pour les enfans du peuple, & au rapprochement des nourriffons, pour qui l'éloignement de la Capitale eft un grand obftacle à l'étude de la Langue Françaife.

A peine a-t-on éloigné les enfans du fein qui les allaita, pour les ramener dans leur patrie, qu'un ufage confacré par fon ancienneté, mais dicté par la négligence des parens, les arrache aux foyers de leurs pères pour les renfermer dans les penfions & les collèges de Liége, ou de Louvain. Ni l'or, ni les richeffes ne fauroient donner aux maîtres qui les conduiront des entrailles de pères; heureux même s'ils ont celles d'hommes & de citoyens! Toute leur attention fe porte fur l'étude du latin; tous

E 4

le tems des claſſes y eſt conſacré comme
dans les autres colléges de l'Europe. Mais
ceux de Liége & de Louvain ajoutent à
l'uſage général un réglement particulier,
deſtiné, ce ſemble, à étouffer le goût pour
la Langue Françaiſe. Les entretiens ordinaires dans la claſſe & dans les ſalles d'étude
doivent tous, de la part du maître & des
écoliers, être latins. Que dis-je? les heures
mêmes conſacrées au délaſſement & aux
jeux ne permettent pas l'uſage du Fran-
çois : une prompte punition ſuivroit de
près la plus légère dérogation à cette loi
ridicule. L'enfant qui balbutie les premiers
élémens de la Syntaxe y eſt ſoumis comme
le Rhétoricien, à qui la langue de Cicéron
& de Virgile eſt déja familière. Tous doivent exprimer leurs deſirs, leurs craintes,
leurs beſoins dans cet idiôme, & s'y con-
former ſcrupuleuſement ; ſoit qu'ils de-
mandent des habits inconnus aux Romains,
ſoit qu'ils s'amuſent à des jeux dont l'in-
vention eſt poſtérieure de pluſieurs ſiècles
au règne de ces maîtres du monde. Que de

chofes, que d'arts, que d'idées mêmes qui ne trouvent dans les langues mortes aucun mot propre à les exprimer ! Il eſt plutôt permis aux élèves de Louvain d'inventer des mots durs & biſarres, pourvu que, fidèles au coſtume, ils leur donnent une terminaiſon latine, que d'employer ceux qui ont été adoptés par les auteurs, ou les inventeurs modernes.

Des Ecrivains curieux de trouver par-tout un jour favorable à la plaiſanterie & à l'épigramme, diroient ici que la rigueur avec laquelle on proſcrit dans ces colléges l'uſage du Français, eſt le meilleur moyen d'en favoriſer l'étude, parce que les défenſes ſemblent inſpirer le goût pour les choſes qui en ſont l'objet. Mais le Prince qui doit veiller ſur ies plus légers détails de l'éducation nationale, à cauſe de ſon influence ſur les mœurs & les habitudes des ſujets, proſcrira cet uſage ridicule avec ceux qui vont fixer notre attention.

On a long-tems reproché aux Colléges Français (& pluſieurs encore ne ſont pas

exempts de ce reproche) de négliger en-
tièrement l'étude de la Langue Françaiſe.
Ils n'entretenoient jamais leurs élèves des
beautés de cette Langue, & leur laiſſoient
ignorer cette Grammaire, aux règles de
laquelle ils devoient aſſujettir pendant
toute leur vie leurs diſcours & leurs écrits.
L'Univerſité de Paris s'eſt réformée la première, & a mis dans les mains de ſes écoliers les ouvrages de Reſtaut & de Wailly,
ſes illuſtres membres. Long-tems auparavant, le ſage Rollin avoit déploré le ſort
de ſes élèves, qui ne pouvoient étudier
l'ancienne hiſtoire que dans les originaux
beaucoup au-deſſus de leur portée, ou
dans de miſérables traductions capables
uniquement de gâter leur goût & de cor-
rompre leur ſtyle. Il entreprit en leur faveur
cette *Hiſtoire ancienne* qui, purement écrite
& remplie de ſages réflexions, leur offre
un modèle de diction, en formant leur ju-
gement & leur cœur. M. de Voltaire, que
perſonne ne récuſera, lorſqu'il ſera favorable aux Membres de l'Univerſité, avoue

que M. *Rollin*, *le premier de ce corps, a écrit en Français avec pureté & nobleſſe.*

Cette excellente hiſtoire, qui eſt preſque inconnue dans les Colléges de Liége & de Louvain, donneroit certainement aux écoliers le goût de notre Langue. Elle rapproche, dans les notes qui l'accompagnent, le texte de ſa traduction, & doit ſervir en cela de modèle aux maîtres & aux inſtituteurs. Inviolablement attachés à l'ancienne routine, ils occupent ſans ceſſe leurs élèves à compoſer en latin, & à traduire dans cette langue. A peine y connoît-on l'uſage de traduire en Français. C'eſt-là cependant le vrai, je dirois preſque le ſeul moyen de rendre notre Langue familière aux jeunes Liégeois. Les verſions, pour me ſervir des termes de Collége, doivent l'emporter de beaucoup ſur les thèmes ; & les maîtres ne doivent pas balancer à faire compoſer dix des premiers pour un ſeul des derniers. Nous venons de voir qu'on reprochoit encore aux Univerſités Françaiſes, vers le milieu de ce ſiècle, de négliger la Langue

Nationale , quoique les élèves vécuffent au fein de la France, ne parlaffent que Français, n'entretinffent de correfpondance aux dehors que dans cette Langue. Ils avoient entre leurs mains Boileau, Rouffeau, Molière, Racine, Bouhours, & les meilleurs Écrivains de tout genre. Ce n'étoit point affez, au gré de la Nation ; les exemples ne fuffifoient pas pour les former, on vouloit avec raifon y joindre les préceptes, les règles de la Grammaire, comme on l'a exécuté avec tant de fuccès. Que penfer après ces confidérations des Colléges étrangers, dans lefquels on ne parle jamais Français, on n'écrit prefque jamais dans cette langue, & l'on néglige la lecture de fes plus célèbres auteurs?

La Philofophie des Colléges de Louvain eft encore moins favorable à la Langue Françaife que les Humanités. L'obligation de parler latin hors de la Claffe y eft ftricte, & dans les exercices elle eft indifpenfable. Heureux encore les élèves, fi le Cours entier ne duroit que deux ans, comme en

France! Mais trois années paroiſſent à peine ſuffiſantes aux Profeſſeurs de Louvain pour enſeigner à leurs écoliers, dans un latin gothique, à former des ſyllogiſmes faits pour être oubliés hors des Colléges, à diſputer ſur les diverſes eſpeces de *contraintes* & de libertés que l'homme peut éprouver, ou dont il peut jouir, ſans approfondir les devoirs des mortels envers leur Créateur, leur Patrie & envers eux-mêmes. Un tems infini eſt conſacré à réfuter les ſyſtêmes de Ptolomée, de Thico-Brahé, & à diſcuter une Phyſique prétendue générale. L'étude des Mathématiques pures arrête long-tems les élèves, & les dérobe à celle des ſciences Phyſico-Mathématiques, ſi utiles à la ſociété. On y traite briévement la Phyſique particulière; & la Chimie n'eſt pas même nommée. Quelques-uns de nos Colléges enſeignent les Mathématiques & la Phyſique en Français, & en forme de diſſertations, renonçant au moins dans cette partie à la forme ſyllogiſtique. Nous ne pouvons trop exhorter les Colléges de

Liége & de Louvain à adopter cet ufage raifonnable. Ils formeront leurs élèves à la feule manière de difputer qui foit employée dans la fociété, ou dans les écrits polémiques. Et, ce qui eft plus analogue au fujet que nous traitons, ils les familiariferont avec la Langue Françaife.

Quoique le plus grand nombre des étudians ne fe deftine pas à l'État Eccléfiaftique, plufieurs fe joignent cependant à ceux qui font appellés à cet état, & confacrent un tems affez long à la Théologie. Cette fcience, qui peut fe flatter feule de la certitude de fon objet, Dieu lui-même, & de la vérité de fes notions, parce qu'elles font fondées fur la parole de celui qui ne fauroit fe tromper, doit jouir dans un Etat Chrétien de la plus grande confidération. Les Pontifes font néceffaires à la Religion ; & les Pontifes ignorans font le fléau des peuples. Rien n'eft donc plus jufte que d'encourager l'étude des preuves de la fainteté de notre culte, & de récompenfer ceux qui, faifant des progrès dans cette

étude, en relèvent la dignité par des mœurs
pures & douces. Mais il eſt dangereux d'accorder toutes les diſtinctions, toutes les fa-
veurs à la Théologie. On induit le peuple
dans une erreur néceſſaire ; & des Prêtres
ambitieux peuvent abuſer de cette conſidération exceſſive.

Peut-être même les honneurs prodigués
excluſivement à la Théologie ont-ils été la
cauſe de l'aſſerviſſement de l'Europe ſous
le joug de l'ignorance. Devenue ſeule la
voie des richeſſes & de la conſidération,
la ſcience ſacrée occupa tous les Ecrivains.
Elle ne vit pas les Eccléſiaſtiques, ou les
Docteurs des Univerſités lui conſacrer ſeuls
leurs veilles & leurs travaux ; des Juriſcon-
ſultes, des Militaires, des Rois mêmes ſe
preſsèrent autour de ſon char. Aucun
Avocat qui ne citât les Pères ou les Conciles ; aucune Hiſtoire ſans diſcuſſion théolo-
gique ; aucun Roman ſans perſonnages
allégoriques relatifs à la ſcience ſacrée ;
aucun livre d'Alchimie même ſans allu-
ſion, puiſée dans les Livres Saints. Les

Empereurs Grecs voulurent être admis à toutes les assemblées Ecclésiastiques ; ils composèrent des Ecrits & rendirent des Ordonnances de Théologie, pendant que les Musulmans pilloient & brûloient les fauxbourgs de leur Capitale. Le farouche Henri VIII ne suspendoit les tourmens de ses malheureuses Épouses, que pour composer des ouvrages de controverse; & Jacques I, un de ses successeurs, brûla de ce zèle ridicule. Autant un Prêtre paroît déplacé à la tête des armées, autant un Roi perd de sa dignité en se consacrant à la Théologie. Répétons encore que la considération accordée par un Gouvernement à cette science, doit être limitée, & ne pas exclure celle que mérite de sa part l'étude de l'Histoire, de la Morale, des Loix, de la Politique, de la vraie Philosophie, & des Sciences utiles à la conservation des sujets, ou même à leur délassement.

La ville de Liége, gouvernée par un Prince Ecclésiastique, voit la Théologie jouir des premiers honneurs, & les autres Sciences

Sciences trop négligées. Cette faveur eft un obftacle continuel aux progrès de la Langue Françaife. Obligée de s'étayer des paffages de l'Ecriture, des Pères ou des Conciles, la Théologie a adopté la Langue Latine que les derniers ont employée, & dans laquelle nous avons une bonne traduction de la première. Un luftre & demi s'écoule dans cette étude, & la langue des Romains eft la feule qui foit permife pendant cette longue période. De forte qu'un Liégeois eft majeur avant d'avoir, je ne dis pas étudié, mais parlé notre Langue. Ne feroit-il pas avantageux de circonfcrire le nombre des étudians qui fe deftinent à la Théologie ? Il feroit même poffible d'enfeigner cette fcience en Français. Avec quel fuccès Arnaud & Boffuet ne l'ont-ils pas employée dans leurs ouvrages de controverfe ; Nicole & Mézenguy dans leurs écrits dogmatiques, & les Ecrivains de Port-Royal, dans leurs fidèles & élégantes Traductions des Pères ?

Que la Langue Latine foit réfervée pour

F

la Liturgie ; rien n'eſt plus ſage : cette langue morte n'eſt plus ſujette aux caprices de la mode & de l'inconſtance. Fixée irrévocablement depuis dix-ſept ſiècles, elle eſt ſeule digne de chanter les Myſtères de notre Religion, qui ſont immuables comme elle, & d'exprimer des dogmes que les changemens néceſſaires à une Liturgie, écrite dans une langue vivante, pourroient obſcurcir. La première traduction françaiſe des Cantiques du Prophête Roi, ſi long-tems en honneur chez les Réformés, mais devenue aujourd'hui inintelligible, eſt une preuve de cette aſſertion. Si l'on déſire l'uſage de la Langue nationale dans les Chaires Françaiſes de Théologie, il doit être l'objet de vœux beaucoup plus ardens dans des écoles, où la Société d'Emulation de Liége veut exciter le goût pour la Langue Françaiſe. C'eſt à elles à donner un exemple que l'Europe Catholique ſuivroit peut-être bientôt.

Seroit-ce aſſez pour l'Etat de Liége d'avoir inſpiré à ſes jeunes citoyens le goût pour

la Langue Françaife, & de leur en avoir
enfeigné fidélement les principes ? Non ,
Meffieurs. Perfonne n'ignore que toutes
les Langues ont des fineffes, des agrémens
que les Grammaires ne fauroient enfeigner.
L'ufage feul , le commerce des perfonnes
bien nées , peuvent les faire connoître. La
Capitale de chaque Empire eft le fanctuaire
de la Langue nationale, s'il eft permis de
s'exprimer ainfi ; & les principales villes
du Royaume de France confervent feules
la Langue Françaife dans toute fa pureté.
Que la ville de Liége excite donc parmi fes
habitans le goût des voyages ; & qu'elle
envoie une troupe choifie habiter Paris.
C'eft-là que l'habitude de vivre & de con-
verfer avec les Littérateurs célèbres qui en
font l'ornement, formera en peu de tems
leur ftyle & leur diction. Mais que ce précieux effaim n'imite pas les Ruffes envoyés
par Pierre I, qui, forcés par ce Prince de
voyager dans les différentes parties de l'Europe , y vécurent feuls & conftamment
ifolés. Un deux , entr'autres , obligé par les

ordres exprès du Czar de féjourner à Venife pendant un an , ne fortit pas de fon appartement, & ne parla jamais à ces habitans, que les anciens préjugés de fa Nation lui faifoient dédaigner & fuir. On leur recommandera au contraire de communiquer très-peu entr'eux pendant leur féjour en France, & de ne pas y parler d'autre Langue que la Françaife. Nous voyons une Nation voifine & éclairée, que l'envie de s'inftruire & un befoin phyfique promènent dans toutes les contrées, ne retirer fouvent aucun profit de fes voyages, parce qu'elle s'opiniâtre à ne chercher dans chaque ville que fes compatriotes, & à ne vivre qu'avec eux. En aboliffant l'ancien ufage & tous ceux dont nous nous fommes entretenus jufqu'à préfent, la ville de Liége renverferoit les obftacles qui naiffent de la nature de fon gouvernement, ou des habitudes de fes Citoyens ; mais il en refteroit encore plufieurs autres qui lui font communs avec la France ellemême , & qui exigent dans ces deux

États une réforme dont nous allons nous occuper.

Par quelle bifarrerie les Français écrivent-ils leurs infcriptions en latin , & négligent-ils de tranfmettre à la poftérité cette Langue que toute l'Europe s'empreffe d'apprendre & de parler ? Les partifans de la Langue Latine n'ont jamais infifté que fur fa briéveté favorable aux infcriptions , & fur le goût que les Savans de tous les peuples modernes ont eu pour elle. Parlée & entendue des colonnes d'Hercule jufqu'à la Mer Glaciale , notre Langue difpute avec fuccès le fecond avantage prétendu de la Latine. Le premier quoique plus folidement établi en apparence , ne fubfiftera pas plus long-temps après un léger examen. Il confifte d'abord en grande partie dans la fuppreffion d'une foule de mots , indiqués par leurs initiales , tels que *Diis Manibus* exprimés par les lettres D. & M. Il eft facile aux Français de fupprimer leurs équivalens & d'adopter fur cet objet un ufage général & uniforme. Plufieurs épitaphes Ro-

maines qui ne peuvent plus être entendues,
ou qui font fufceptibles de dix interpréta-
tions différentes, nous apprennent ce qu'il
faut penfer d'une briéveté acquife aux dé-
pens de la clarté. Qu'importe d'ailleurs
lorfqu'on élève une Bafilique, un Hôtel
de Ville & un Palais, de fupprimer, ou d'a-
jouter une ou plufieurs lignes ! Cette folli-
citude fur la longueur des Infcriptions
rappelle le ridicule mérite & les miférables
travaux de ces oififs, qui ont cherché la
gloire & la célébrité en traçant le fymbole
entier de notre foi fur un efpace à peine
égal à la plus petite de nos monnoies, ou
en attelant à un char infiniment petit des
infectes que la loupe faifoit feule apper-
cevoir.

Nous devons aux Ecoles de Chirurgie de
Paris une Infcription faite pour égaler
toutes celles des Romains. Cet édifice qui
par fa grandeur & fon utilité rappellera
toujours la munificence de Louis XV, &
le foin qu'il fit prendre des ennemis bleffés
après la bataille de Fontenoi, offre la meil-

leure arme pour combattre les partifans de
la Langue Latine. On a ofé confacrer l'objet
de cet établiffement dans notre Langue ; &
le fuccès a couronné cette entreprife. La
Poéfie a payé auffi glorieufement fon tribut
à la Langue nationale, dans l'infcription
compofée par le célèbre Piron pour la ville
d'Arci-fur-Aube. Sa briéveté & fon énergie
prouvent mille fois plus que tous les raifonnemens :

> « La flamme avoit détruit ces lieux :
> » *Graffin* les rétablit par fa munificence.
> » Que ce marbre à jamais ferve à tracer aux yeux
> » Le malheur, le bienfait & la reconnoiffance ».

Les Romains ont-ils jamais gravé fur
leurs monumens des infcriptions en langue
Grecque ? Le Panthéon, les Colonnes Tra-
jane & Antonine n'offrent aucun exemple
de ce dédain pour la Langue nationale.
On la voit au contraire employée dans
toutes les infcriptions ; & fi les débris qu'on
déterre tous les jours portent quelquefois
des caractères Grecs, c'eft qu'ils ont ren-

F 4

fermé les cendres de quelque affranchi né
dans l'Achaïe ou le Péloponèfe. En vain
a-t-on examiné avec le plus grand foin les
marbres de Paros, d'Athènes & d'Ionie;
on n'en a trouvé aucuns qui parlaffent
d'autres Langues que celle d'Homère ; foit
qu'ils nous appriffent les noms & la fuc-
ceffion des Prêtreffes ; foit qu'ils nous re-
traçaffent les Décrets du Peuple, ou de
l'Aréopage. Pourquoi les Français n'imi-
teroient-ils pas les Vainqueurs des Perfes
& des Carthaginois ? A quelle caufe doit-
on attribuer cette indifférence blâmable ?
Nous croyons la trouver dans les deux
genres d'études qui ont feules occupés
l'Europe jufqu'à la renaiffance des Lettres:
la Théologie & le Droit. Nous nous
fommes déjà affez étendus fur la première ; la feconde a influé auffi évidem-
ment fur le goût pour la Langue Latine,
& fur fon ufage dans les infcriptions.

Les Jurifconfultes des fiècles qui ont
précédé le quinzième, dirigeoient tous leurs
travaux vers le Droit Canon. Les immuni-

tés eccléfiaftiques ne connoiffoient pas encore les fages limites fixées depuis par la
puiffance féculière; & toutes les caufes qui
paroiffoient avoir des rapports même éloignés avec les Sacremens, ou les Rits catho-
liques, reffortiffoient aux Officialités. Tandis que les coûtumes de chaque commu-
nauté fuffifoient pour juger les caufes civiles
réduites à un fi petit nombre que les Bail-
lifs, les Sénéchaux & autres Officiers laïcs,
quoique gens d'épée avoient affez de temps
& de fcience pour les juger. Tous les Avo-
cats étoient donc Prêtres : ils n'étudioient
que le Droit Canon écrit en Latin, & écri-
voient leurs plaidoyers dans cette Langue.
On les entendoit citer un Pere, enfuite
Ovide : l'Ecriture-Sainte trouvoit bientôt
fa place; & Horace fourniffoit la dernière
de ces ridicules citations. Cet prédilection
pour le Latin devint générale, & on le mit
exclufivement en poffeffion des monumens
& des édifices publics. Le goût s'eft épuré;
la Langue Françaife a été remife en honneur, fans avoir pu reprendre fa place naturelle dans les infcriptions.

Elle gémit encore de se voir enlever la portion de son domaine la plus étendue & la plus durable. C'est des monnoies que nous voulons parler. Elles seules peuvent promettre la plus longue durée dont les ouvrages des hommes aient été & soient jamais susceptibles. Les Cabinets des Antiquaires renferment des médailles frappées sous les aïeux d'Alexandre. Cette longue existence sera prolongée à l'infini par la vigilance des possesseurs éclairés, & par l'amour des sciences qui ne cesse de s'accroître. Combien donc les Français devroient-ils être curieux d'immortaliser leur Langue en la fixant sur les monnoies, qui servent parmi eux aux mêmes usages, que les Médailles chez les Grecs & les Romains! Nous voyons cependant la Langue Latine y régner despotiquement, & étendre également son empire sur les Médailles consacrées aux fastes de nos Princes. Quelle instruction fourniront nos monnoies à la postérité? Elles lui apprendront que les Rois de France, l'étoient aussi d'une partie de la Navarre, & que telle pièce a été frappée en telle

année. Que d'inconféquences d'ailleurs
ne lui offriront-elles pas ? La Langue nationale négligée par les Français, tandis
qu'elle eft adoptée par tous les Etrangers;
des dates exprimées en chiffres arabes, au
milieu de mots & de caractères romains :
& des armoiries inconnues aux defcendans
de Romulus, réunies avec leur langage.

Admirons ici la politique des Romains.
Ils vouloient que toutes les claffes de l'Etat
priffent part à fes fuccès, ou aux événe-
mens qui intéreffoient le fouverain. De-là
cet ufage conftant de frapper des médailles
latines à Rome, & des grecques dans l'E-
gypte & les Colonies. De-là cette fage cou-
tume de leur montrer fur les monnoies
les ennemis vaincus; les étendars romains
rapportés par les Parthes; les hommes célèbres qui avoient été leurs concitoyens ;
les Princes dont ils chériffoient la mémoire;
l'empreffement à les fecourir par des grains
amenés des pays éloignés, ou à les amufer
par le fpectacle d'animaux rares & inconnus; le refpect pour les Dieux de l'empire

& les Temples élevés en leur honneur. Le jour feroit trop court, fi j'entreprenois de rapporter les différens types des monnoies Romaines, & deux mots exprimeront tous ceux des nôtres : des armoiries, une effigie, une date sèche & une légende uniforme écrite dans une Langue morte. Jufqu'à quand les Français & les Liégeois, qui parlent la même Langue, négligeront-ils de l'immortalifer en lui confacrant les médailles & les monnoies !

Ne devrions-nous pas avant de terminer nos recherches, examiner le plus grand obftacle qui paroiffe s'oppofer dans la ville de Liége au progrès de la Langue Françaife : le concours des étrangers ? Une ville placée entre tant de pays où l'on parle des langues & des jargons particuliers, tels que la France, l'Allemagne, la Flandre, les Pays-Bas Autrichiens, ou Hollandois, &c. femble ne pouvoir fe défendre d'adopter des mots, ou des conftructions étrangères. Nous avons réfervé pour ce moment cette difficulté, regardée comme infurmontable, afin de la combattre avec des armes d'une trempe éprouvée. Combien n'exiſte-t-il pas en France de villes qui ſont habitées en grande partie par des étrangers. Paris, Lyon, les Ports & toutes les villes de commerce voient leurs citoyens former à peine la moitié des habitans. Cependant la Langue Françaiſe, à quelques négligences près, y eſt parlée avec pureté par tous ceux qui ont reçu une éducation honnête. Les Auteurs qui écrivent dans leurs murs, ont réſiſté à la prétendue corruption que devroit engendrer le mélange des individus & des langages. Pourquoi la ville de Liége dont la poſition eſt la même, ne ſe flatteroit-elle pas du même ſort ?

D'ailleurs (& c'eſt ici la pierre de touche qui prouvera la vérité de tout ce que nous venons de dire), après les réformes pro- poſées dans l'éducation nationale & dans les Colléges de Liége, les jeunes Citoyens feront prémunis contre le danger. Habi- tués dès l'enfance à parler la Langue Fran- çaiſe ; formés par des Maîtres qui auront

écrit avec fuccès dans cette Langue , &
par des voyages utiles ; éclairés par une
Académie qui s'élève fous d'auffi heureux
aufpices, & qui fera de la perfection du
goût & de la Langue fa plus chère occu-
pation, ils conferveront la Langue Françaife dans toute fon élégance & fa pureté. Semblables à la Nymphe Aréthufe, qui
brûlant du defir de rejoindre le fleuve
Alphée fon amant, traverfe la mer de
Sicile fans mêler fon eau douce & pure
avec les ondes amères d'Amphitrite ; ils
vivront au milieu des étrangers fans altérer
leur langage, tant il importe de donner pour
bafe à toute inftitution politique l'éducation nationale. *Adeò à teneris affuefcere
multum eft !*

Puiffe donc la ville de Liége feconder
les efforts de la Société d'Émulation, & re-
médier de bonne heure aux obftacles que
l'étude de notre Langue a trouvés jufqu'à
ce jour dans les habitudes & les ufages de
fes citoyens ! Le vœu de la Société fera
accompli, & l'Europe entière lira avec plaifir

& intérêt les Ouvrages Français composés par les Savans qu'elle renferme dans son sein.

F I N.

A P P R O B A T I O N.

J'ai lu par ordre de Monseigneur le Garde des Sceaux, un Manuscrit intitulé : *Mémoires sur différens sujets de Littérature, par M.* Mon- gez, *Chanoine Régulier*; & je n'y ai rien trou- vé qui doive en empêcher l'impression. A Paris ce premier Mai 1780.

D U D I N, *Censeur Royal.*

Ph.-D. PIERRES, Imprimeur ordinaire du Roi.